荒野求生

中国大冒险

火灾救援

［英］贝尔·格里尔斯 著　王欣婷 译

BEAR GRYLLS

湖南文艺出版社
HUNAN LITERATURE AND ART PUBLISHING HOUSE

小博集
BOOKY KIDS

Chinese Adventures Stories 2: Fire

Copyright © Bear Grylls Ventures 2023

This edition is published by arrangement with Peters, Fraser and Dunlop Ltd. through Andrew Nurnberg Associates International Limited Beijing

Translation copyright © 2023 by China South Booky Culture Media Co.,LTD

著作权合同登记号：图字 18-2023-126

图书在版编目（CIP）数据

火灾救援 / （英）贝尔·格里尔斯著；王欣婷译
. -- 长沙：湖南文艺出版社，2023.9
（荒野求生·中国大冒险）
书名原文：Chinese Adventures Stories 2: Fire
ISBN 978-7-5726-1283-1

Ⅰ. ①火… Ⅱ. ①贝… ②王… Ⅲ. ①儿童小说—中篇小说—英国—现代 Ⅳ. ① I561.84

中国国家版本馆 CIP 数据核字（2023）第 121294 号

上架建议：儿童文学

HUANGYE QIUSHENG ZHONGGUO DA MAOXIAN HUOZAI JIUYUAN
荒野求生 中国大冒险 火灾救援

著　　者：[英]贝尔·格里尔斯
译　　者：王欣婷
出 版 人：陈新文
责任编辑：匡杨乐
监　　制：李 炜　张苗苗
策划编辑：马 瑄
特约编辑：张晓璐
营销编辑：付 佳　杨 朔　付聪颖
版权支持：王媛媛
版式设计：马睿君
封面设计：霍雨佳
封面绘图：冉少丹
内文绘图：段 虹
内文排版：金锋工作室
出　　版：湖南文艺出版社
　　　　　（长沙市雨花区东二环一段 508 号　邮编：410014）
网　　址：www.hnwy.net
印　　刷：三河市鑫金马印装有限公司
经　　销：新华书店
开　　本：875 mm×1230 mm　1/32
字　　数：55 千字
印　　张：4.25
版　　次：2023 年 9 月第 1 版
印　　次：2023 年 9 月第 1 次印刷
书　　号：ISBN 978-7-5726-1283-1
定　　价：22.00 元

若有质量问题，请致电质量监督电话：010-59096394
团购电话：010-59320018

贝尔·格里尔斯的求生小提示

灾难当头，想要活下去，你必须：

1. 一定要保持绝对的冷静。

2. 利用好手边的一切物品，物尽其用。

3. 随时了解你身边的环境，熟悉地形，以便危急关头用最快速度找到逃生之路。

4. 如果还有其他选择，不要贸然进入漆黑的陌生环境。

5. 仔细观察，及时发现周围潜在的危险，并立刻远离。

6. 撤离危险区域时，要动作迅速，但决不能奔跑，防止摔倒。

7. 每人每天至少要喝两升水，在极端环境下尤其要注意，防止脱水。

8. 处于未知环境时，最好结伴活动，不要落单。

9. 有时候原地等待救援，也是一个不错的选择。

最后一点，也是最重要的一点，

永远不要放弃求生的希望！

目　录

第 一 章

燃烧的金属

艾登·托马斯认为这是他见过的最神奇的机器。

这是一个漆成白色的细长金属塔架,顶部装有一个风扇。塔架看起来很细,好像强风就能把它折成两半,但它其实比看起来要坚固得多。塔架有一百米高,上面的三片叶片每片约四十米长,它们在风的吹动下,形成一个巨大的圆圈。叶片划过空气,均匀地发出"嗖嗖嗖"的声音。每一声"嗖",都在为附近的城镇输送电力。

"我打赌，如果降低速度，这就是直升机飞行时发出的声音。"艾登说。他的朋友李强看了他一眼。

"等着瞧吧！"李强笑着说。

叶片虽大，但由于转动速度极快，很难看清它们的样子。

"我在想，它们现在转动的速度是多少。"艾登的双胞胎姐姐爱玛大声说。

"我们应该可以算出来。"他们的朋友顺蕊总是他们之中勤于思考的那个，"如果我们知道叶片的准确长度，以及一片叶片转动一周所需的时间……"

李强举起一只手，眼睛依旧盯着旋转的叶片。

"等一下……"他说，另外三人都安静下来。

"这里！"李强的手在空中向下一劈，与此同时，风力发电机的顶部冒出了火光，"我们再看一次！"

他点了点平板电脑的屏幕，画面暂停了。原来，他们四个正在观看风力发电机的视频。平板电脑就放在李强的大腿上，另外三人都围在他的旁边。他们此时正坐在控制室后面的沙发上，艾登和爱玛的父母在这里工作。艾登瞄了一眼大人在做什么。每个人都在忙碌，他们面前的台式电脑的屏幕更大，上面还显示着复杂的符号。艾登希望有一天自己也能理解这些符号的意思，他想做跟爸爸妈妈一样的工作。

不过今天他的关注点不在这上面，他的注意力又回到了李强的平板电脑上。

李强已经把视频的播放速度调慢了。叶片变得有些模糊，移动缓慢。艾登心想，现在它们发出的"嗖嗖嗖"的声音，应该更慢了。

塔架的顶部有一个金属的长条状装置，装置连接着每一片叶片。艾登的爸爸说过，它叫机舱。

橙色的光在机舱里闪烁，它越来越亮，沿着机舱的金属表面蔓延开来。火舌探出了"头"，即使视频是慢速的，整个机舱也在极短的时间内被点着了，黑烟从裂缝中滚滚而出。艾登猜测机舱的大小应该和一间普通的屋子差不多，但它在几秒钟内就被烧毁了。

"哦!"艾登惊奇地看着，然后他想到了一个问题，"如果机舱是用金属做的，它为什么会被点燃?"他大声问道。

他的声音有点大。

他的爸爸，蒂姆·托马斯四处看了看，马上意识到有什么不对劲。

第 二 章

"野兽"

"你们四个！"蒂姆叫道，"你们是在做学校的作业吧？"

"当然！"艾登赶紧向他保证。他们四个马上散开，各自看着自己的平板电脑。艾登意识到这种行为简直是不打自招，让他们看上去更像是做了错事。蒂姆严肃地笑了笑。

"你们的反应已经做出了回答。孩子们，我说过，只要你们遵守规定，就可以在这里学习。没有人想落后吧？"

两个声音说："对不起，爸爸。"

另外两个声音说："对不起，托马斯叔叔。"

艾登觉得有点内疚。他们的学校在最近的地震中受损，学生还不能回去上学。在中国四川省边境的云贵高原，地震时常发生。地震后，人们很快就振作起来，生活如常。学校的功课也要继续，老师给他们布置了可以在平板电脑上完成的功课。四个孩子其实都已经完成了作业，但他们知道，即便如此，也要在剩下的课程时间里继续学习。

在爸爸的身后，透过大窗户，艾登可以看到小城里新建的风力发电机。不是他们刚才看到的着火的那个，那个是在美国的某个地方。风力发电机正是托马斯一家搬到这个川西小城的原因，艾登和爱玛的父母——苏和蒂姆，正与中国合作，一起建造五台风力发电机。

和学校以及小城的其他地区一样，风力发电机有可能也在地震中受损了。蒂姆和他的团队此时正在进行检查。他们让发电机一点一点地加速，直到达到最快的速度。每一次加速前，他们都要检查是否有零件松动。艾登心想，以这种速度转动的机器，如果有任何地方出现问题，都有断裂的危险。

艾登知道风力发电机的运作原理。风吹在叶片上使其转动，就像他吹动玩具风车一样。旋转的叶片带动机舱里的发电机，然后生产出清洁能源。这个过程不产生烟，也不产生二氧化碳，没有污染空气的废气，也没有污染土地和水的废料。

艾登的妈妈苏说过，风力发电机带来的最大的环境问题，是鸟有可能撞到转动的叶片，但是它们终会学会如何避开。

有一个问题一直在艾登的脑中徘徊。

"爸爸？"艾登问，"塔架是金属做的，怎么会着火呢？"蒂姆转过身来，他总会回答孩子们认真提出的问题。

"哈！"蒂姆笑了，"你说得没错，塔架是金属的，里面还有很多转动的零件也是金属的。这些零件在工作时有可能因摩擦而变得过热，这样的话，它们就会熔化并粘在一起，所以我们需要在零件之间涂一些润滑油。不幸的是，燃烧正好需要三样东西，也就是作为起始能量的热量、氧气和燃料。热量来自摩擦力，空气中有氧气……"

"润滑油就是燃料。"艾登明白了。

"没错。所以，一个设计得不好的塔架就有可能因为润滑油过热而起火，就像你们刚才看到的那个。"

"那如何避免呢，托马斯叔叔？"顺蕊问。

"现在我们使用一种不易燃烧的现代硅基润滑油。如果风太大，发电机也会自动停止。那一个……"蒂姆指着窗外说，"是全新的，装有所有的现代安全装置。我敢保证，你不会见到它着火的。"

现在轮到李强问问题了。

"托马斯叔叔，风不是一直吹的，为什么风停的时候，灯不会灭呢？"

蒂姆又笑了。

"好问题。答案是我们不止依赖一种能源。过去，我们的发电站靠烧石油或者煤炭发电，发电站全天候二十四小时工作，为我们提供能源。这对地球的污染很大，所以现在我们开始使用更多元的能源。吹风的时候有风能，出太阳的时候有太阳能……它们都能产生少量的电能，然后被储存起来，以便需要的时候使用。就像我们的生活一样，男女老少必须齐心协力。"他看了眼手表，用笑容告诉孩子们，提问时间结束了。

"离放学时间还有半小时。你们四个在接下来的三十分钟里，都要认真学习！"

四个脑袋听话地低了下来，看着各自的平板电脑。

但艾登在做数学题的时候，还是忍不住去想风力发电机着火的画面。

他以前觉得火是人类的朋友。它是加热食物时煤气灶上欢快的蓝色火焰；它能让你的烤棉花糖散发出香甜的味道；它能为在野营途中感到又湿又冷的你，带来温暖和抚慰。

这是火与人为善的时候。但在视频里，艾登看到了火的另一面。火就像一头野兽，它像老虎扑倒小鹿那样吞噬塔架。它饥饿而危险，稍不小心，也会将你吞噬。艾登庆幸自己最近无意接近任何火源。

第 三 章

虹吸现象

"我在走廊里碰到顺蕊的姑姑了。"艾登和爱玛的妈妈苏·托马斯说，"她说很期待你们的帮忙。"

双胞胎从早餐桌上抬起头，他们正在写这周的作业。一个忙碌的周末就要开始了。

"我们很乐意。"爱玛说，她看了看手表，"哎呀！得快点了，我们和顺蕊约了九点见面。"

顺蕊的姑姑住在小城的河对面。她住的那栋公寓楼在前段时间那场地震中有所晃动，但它有防震的设计，并没有倒塌。虽然工程师已经说可以安全进入大楼了，但是那个区域的供水还没有恢复，所以居民还无法回家。大家没有饮用水，也无法用水清洗。空调需要水才能使用，所以也开不了。在这样一个湿热的夏天里，没有供水的大楼是无法居住的。居民们只能借住在朋友或亲戚家里，也有的住在政府提供的临时住所里。顺蕊的姑姑要搬到顺蕊的父母家住。

顺蕊请爱玛、艾登和李强来帮姑姑搬一些生活用品到她家，这就是他们今天的主要工作。

"我给你们俩准备了午餐。"苏说，"你们走之前，是不是还有什么事情没做？"

她指着洗碗池。

"啊，妈妈！"艾登和爱玛一起表示抗议。

"轮到你们洗碗了。"

"我们会迟到的。"艾登心存希望地说。

"如果你们从现在开始洗，就不会迟到。"

双胞胎互相翻了个白眼，但他们知道家里的规矩，确实轮到他们了。

"我擦干，你洗。"艾登说，爱玛点点头。他们收好作业，干了起来。

爱玛正打算打开热水填满洗碗池，却发现水池已经满了，有好多塑料管浸在水里。

"呃，这些是用来干什么的?"爱玛问。

"哦，这些啊。"他们的爸爸探出头来，"我正在做一个水轮机的模型，来展示水轮机的工作原理。塑料管上有些脏东西，我想把它们洗干净。把它们放在旁边就行了。"

爱玛把一大堆管子从池子里捞出来，放在沥水架上。她放掉了水池里的脏水，又重新放满新的热水，再挤了一些洗涤剂进去。因为只是一顿简单的早餐，爱玛没花多少时间就洗好了所有碗碟。她把碗碟也放在沥水架上，就在那些管子旁边，等一下艾登会再用毛巾擦干。

然后她感觉有什么奇怪的、暖暖的东西，从膝盖处往下流。

她低头看去，不禁往后跳了一步。

"啊！"

不知怎的，管子的一端从沥水架上掉了下来，挂在她膝盖旁边，里面的热水流了出来。艾登大笑起来，惹得姐姐狠狠瞪了他一眼。爱玛抓住管子，又把它放回了沥水架上。

"里面还有水？"艾登欢快地说。

"是吧。"爱玛喃喃道，"但是为什么突然流出来，而不是一开始就流出来？"

她仔细观察起管子，管子的另一端不知什么时候又垂进了洗碗池里。爱玛的脑子里出现了一个想法，但她还弄不清楚是怎么回事。

爱玛拿起管子垂下的一端，看到里面装满了水。她把管子往下放，等到足够低的时候，水开始往外流。她赶紧又把管子抬起来，以免弄得到处都是水。她又看了看管子，想到了一个问题。要让水从管子这一端流出来，就意味着它必须从管子另一端流入，在水里的那一端。也就是说，水向上流出了洗碗池。

"水不能向上流！"爱玛叫道，"这不可能！"

"不管你相不相信，水可以。只要条件合适。"蒂姆在她身后说。爱玛回头看去，只见爸爸正倚着墙笑。之前爱玛和艾登都没注意到爸爸进来了。"这叫虹吸现象。"他继续说，"水永远往低处流。管子的一端比池子里的水的位置低，而且管子里只有水而没有其他的东西干扰，水就会想要往那儿流。就算一开始水是往上流的也没关系，因为，就像你看到的，最末端比最前端低。

"但为什么水刚刚才流出来？"艾登问。

"我猜管子里一直装满了水，后来管子的一端从沥水架上滑了下来，挂在比水池低的地方。这样就产生了虹吸现象。有的时候虹吸现象很有用，比如当你想转移大量的液体却没有抽水泵的时候。不过如你所见，这种现象也有可能造成麻烦。"

艾登收拾盘子的时候还忍不住地笑。

"我们该去顺蕊家了。"他说，"不过，你或许要先换条裤子。"

第 四 章

打开的窗户

"啊，我的腿！"李强抱怨着，四个伙伴刚爬完长长的楼梯。

"才四层。"顺蕊带着玩笑的口吻说，"我们到啦！"

她推开门，四个人都走了出来，来到大楼的第四层。走廊和楼梯间一样热，他们被汗浸湿的 T 恤贴在身上，头发湿漉漉的。四周十分安静，没有人声也没有音乐，只有他们自己的脚步声。空无一人的大楼让艾登觉得有点恐怖。

　　"是才四层，但前面我们还走了一大段路呢。"李强嘟囔着。

　　河水把小城一分为二，顺蕊的姑姑住在河对岸。连接两岸的公路桥在地震中倒塌了，因为支撑桥面的水泥桥墩被震裂了。因此，他们无法坐公交车过来。不过还有一座行人可以使用的吊桥，吊桥在地震时只是来回摇晃，并没有损坏。蒂姆·托马斯开车把他们送到人行桥的桥头，在那之后，他们一路步行上坡，来到住宅区。

　　小区里有三栋楼，A座、B座、C座，姑姑住在A座。三栋楼从三面围住一个铺了石砖的广场，空着的那边面向小城。广场中央有一个小池塘，通常这儿还有一座喷泉，但这段时间关掉了。水面平静得好像一面镜子，让人想跳进去游个泳。他们早已汗流浃背，但由于天气潮湿，空气中的水分早就饱和了，他们的汗水无法蒸发，也就不会带走热量让人觉得凉快一点。艾登觉得他们就像是在桑拿房里行走。

"还好顺蕊的姑姑不住在顶层。"爱玛笑着说，"那就还得再爬两层楼！"

李强郁闷地看着前面的走廊。

"我猜我们现在从这儿走？"

"是的，"顺蕊笑道，"一直走到底！"

"这得有几公里吧！"

艾登目测到走廊尽头大概也就三十米。

"到了以后我们吃点东西吧。"他正说着，女孩们已经出发了。

艾登轻轻推了推李强的后背："加油！"

李强吃力地跟在后面。

走到一半的时候，他们看见一个带玻璃门的消防箱，消防箱里放着一卷消防水带，艾登猜每一层都有一卷。消防水带旁边还有一个灭火器，应该每一层也都有一个。他用手指着水带笑着问李强："想起什么了吗？"

"还是让我忘记吧！"李强嘟囔着。

他们的学校在地震中严重受损，甚至有倒塌的危险。当时艾登和李强不幸刚好被困在天台上，他们用了一系列巧妙的方法才成功到达地面。其间，他们不得不将消防水带当作安全绳，才通过了一座有塌陷风险的走廊。

地震对不同的楼房产生了不同的影响，这让艾登觉得很有意思，这和大楼所在位置的地面情况有关。有的地面较软，它能像一盘果冻一样带着楼房一起晃动。如果楼房的设计可以承受这样的晃动，楼房就不会受损。

但如果楼房建在坚硬的地面上，情况就不同了。地面可能过于坚硬，使得冲击波穿破地面击中楼房，就如拳头猛烈击打一般，砰砰砰！楼房在这种情况下造成的损害就会比前者大得多。这就是学校严重受损，这个小区的 A 座却安然无恙的原因。

顺蕊打开在走廊尽头的公寓的门。

"哇！"一走进去，他们就高兴地叫起来。哪怕没有空调，公寓里也比走廊凉快。窗户打开了，新鲜的空气在屋里流通。A座的很多人家也因为同样的原因开着窗户。

房子里干净整洁，完全看不出来刚经历了一场地震。李强很快就找到一张椅子坐下来，两条腿一伸，一脸感恩地说："终于到了！"

艾登笑着打开他的背包，把食物和水分给大家。他知道李强还没那么累，他们在地震中逃离学校的时候，他的朋友可是拥有充足的能量和勇气的。

他递了一瓶水给李强："喝点吧。"

第 五 章

发热的木门

　　大家都坐下来休息，心怀感激地喝了几大口水。

　　"贝尔·格里尔斯说，我们每天需要至少两升水。"顺蕊说，"这是我们的身体每天自然排出的水分。像今天这样的天气，我们当然需要更多的水分，因为我们出了好多汗。"

　　"他是不是还说过，人没有食物还能活几周，但是几天没有水就不行了？"爱玛问。

　　"几周！"李强不敢相信地叫道，其他人都

笑了。

"只要身体的水分流失超过百分之五，你就会开始感到疲惫和烦躁。"爱玛补充说。

"不需要百分之五，李强就疲惫和烦躁了。"艾登开玩笑说，李强假装冲他挥了一拳。

艾登和爱玛的妈妈给他们做了面条，装在塑料碗里。虽然面条已经冷了，但还是很好吃，也给身体补充了能量。吃完面条，他们又喝了一些水。

"好了，我们该工作了……"顺蕊说到一半又停住了，她显然想到了什么，"你们知道我们忘了什么吗？"她有些抱歉地说："我们忘了拿用来装东西的箱子。"

"哎呀，"爱玛叹了口气，"姑姑是不是说它们在储藏室？我们来的路上应该去拿的。"

"储藏室在哪里？"李强警惕地问。顺蕊给了他一个不好意思的微笑："在一楼走廊的尽头。"

"所以就是在这间房子的正下方……"爱玛说。

"是的，四层楼下面。"顺蕊表示同意。

"所以你希望我们下到一楼，然后回来？"李强咕哝着。

"姑姑让我们拿的大部分东西都在她的房间。"顺蕊心情愉悦地说，"除非你们想跟我们一起收拾女人的房间……"

"我们去拿箱子！"李强立刻说，"对吧，艾登？"

"对！"艾登表示同意，"至少是往下走。"

"一半的路程是……"

男孩子们一起离开了公寓。

艾登和李强步履沉重地走在水泥楼梯上。艾登一边走，一边说："贝尔·格里尔斯说下坡的时候要保持膝盖弯曲，要不然每往下走一步，身体的重量就会全压在膝盖上，造成更大的冲击。"

他们试着用这种方法走了一会儿楼梯，还没习惯就到了一楼。他们一边朝走廊的尽头走，李强一边从一串顺蕊给他们的钥匙里，找到开储藏室的那一把。

"这是大门的……这是公寓的……所以一定是这把了。"

储藏室在一扇漆成白色的木质防火门的另一边。门看着很厚实，旁边的墙上挂着大红色的灭火器。李强试了几次才把钥匙插进去，他把手放在门上摸了摸，然后停了下来。

"你觉得门热吗？"

艾登把手放在李强的手边。木门确实有点热，摸起来像是在摸有体温的动物。

"在这大热天里，所有的东西都是热的。"他说。

"可能吧。"

钥匙终于转动了，李强握住门把手。

"天哪，这也太烫了。"他的手碰到了金属部位。李强用力拉开门，站在门口往黑漆漆的房间里看。"哦，没有窗户……那是什么声音？"

这声音十分古怪，像是有巨大的生物——也许是一条龙——在吸气。

艾登也不知道自己为什么会这么做，但直觉告诉他，他和李强突然陷入了可怕的危险之中。

"快跑！"他叫着把李强推到墙上，打开的那扇门挡在他们和储藏室之间。片刻之间，艾登救了他和李强的命。

在门的另一边，一团烈火顺着走廊蔓延开来。

小贴士

每天至少要喝两升水，如果大量出汗，还要额外补充水分。

小贴士

掌握正确的下楼姿势，保护膝盖。

第 六 章

回燃

很久以后，消防队来调查导致这场灾难的原因，然后专家们给了它一个名字：回燃。

没有消防员不知道回燃带来的致命的危险。

蒂姆·托马斯曾说过，火需要三个要素才能燃烧：热量、燃料、氧气。

如果燃料耗尽，火就会熄灭，并且是永久地熄灭。

但是如果氧气耗尽，还有热量和燃料，那火只会暂时熄灭。只要再次接触氧气，火就会重新烧起来。

消防员都知道，有时大楼的封闭房间内起火，火会越烧越旺，直到所有的氧气都燃尽，火才会极不情愿地熄灭，但房间里依旧很热，热得足以在时机成熟时，第一时间重新燃烧起来。

如果一个粗心的消防员打开了门，让新鲜的空气进入室内……

呜呼……

地震之后没有人住在 A 座。在工程师检查确认楼房不会倒塌后，也没有人来过储藏室。

储藏室里存放着天然气罐，其中一罐在震动中轻微受损，出现了一小条裂缝。但是等工程师走后，裂缝才在压力之下裂开，少量的天然气泄漏了出来。

天花板上有一盏荧光灯，它插座的位置被地震扭坏了，接口处闪着火花。

火花点燃了天然气。

天然气罐泄漏的地方燃起了一股火焰。

一开始这并不是大问题，气罐没有爆炸。火焰在一组金属架的腿边燃烧，而金属架就在气罐旁边。

架腿开始熔化、弯曲。

其中一个架子上放着用塑料瓶装着的清洗液，非常易燃。架子腿弯曲后，架子开始倾斜，塑料瓶滑向地面。

一个塑料瓶落在火焰的旁边，它很快就熔化了，然后爆炸，房间立刻被火球占据。

火焰很快烧着了其他的瓶子，整个房间瞬间化身火海。

大火来也汹汹，去也匆匆。房间里没有窗户也没有通风系统，门是防风的，房间里的氧气很快就燃尽了。

但房间里的热空气变成了易燃的气体，它只需要更多的氧气就能死灰复燃。

然后，李强打开了门。

第 七 章

"龙的呼吸"

男孩们蜷缩在敞开的防火门背后，惊恐地盯着已陷入火海之中的走廊。艾登觉得储藏室里就好似藏了一条巨龙，等待着喷出火焰。

火焰只喷出了几秒钟，但足以点燃走廊。走廊的墙上挂了画，墙边放了一些桌椅，窗户上装了窗帘，这些东西全都着火了。

打开的窗户在风中晃动，吹进来的空气让火烧得更旺了。

艾登觉得耳朵边有什么东西在响。过了一会

儿，他才意识到这不是他的想象，火灾警报器响了。

李强咳嗽了几声，抓住艾登的肩膀说："谢谢你推开了我。"

如果在"巨龙"吞噬走廊之前他们没有躲开，那会发生什么？一想到这些，艾登不寒而栗。他们可能已经在原地化为灰烬了。

艾登只是点了点头，一滴水轻轻地滴在他的脸上。他抬起头，看见一些金属的"花朵"正在往走廊上洒水。

"这栋楼有洒水器！"他说，"它们一定是发生火灾时就会自动启动，或许它们可以把火扑灭。"

虽然这么说，但他心里知道这是行不通的。

"或许可以扑灭小火吧。"李强说，他的声音沙哑，然后又咳嗽起来，"看现在这个情况，肯定是不行的。"

艾登不得不同意。安装洒水器的目的是在火势蔓延之前就把火扑灭，但现在已经太晚了。艾登忍不住去想，总水管已经关了，那水是从哪里来的？但他又告诉自己，现在应该去关注更重要的事情。

李强第三次咳嗽了，艾登也开始咳嗽，眼睛也开始流眼泪。整个走廊上都是烟雾，浓烟进入他们的喉咙，刺激他们的眼球。

艾登想到了爱玛和顺蕊。

"我们得去找女孩们！救她们出来！"他喘着气说道。

他朝走廊的另一边跑去，但没等李强来拦他，他就马上停住了。他明白自己没办法穿过大火和烟雾。艾登急得在原地跺脚，想做点什么，又不知道能做什么。

"她们会听到警报声的。"李强推断，"她们可以走楼梯，楼梯是水泥做的，不会着火。但是我们得从另一条路出去。"

烟雾让艾登感觉有铁丝网在刮他的眼睛。泪眼朦胧中，他看到李强正举着储藏室门边的灭火器。

"我觉得……喀喀……已经太晚了！"艾登大声说。火势非常大，已经不是一个灭火器可以对付得了的。

"不是……喀……用来灭火的！喀喀。"

李强双手举起灭火器，重重砸在离他们最近的公寓门把手上。哐！再来。哐！

他不小心深吸了一口气，又使劲咳嗽起来。

艾登明白了李强的用意。现在他们唯一的出路就是进到一间公寓里，但它们都是锁着的，只能砸开门锁了。艾登拿过李强手里的灭火器，他的眼泪不停地流着，只能猜测门把手大概的位置。他使足全力，向下砸去。

哐！

艾登又用肩膀使劲撞门。门晃了。他吞了一口口水，想要咳嗽的感觉又向他袭来。他不愿屈服。如果他这时候停下来，他可能就不会再有力气继

尽可能远离着火的地方厚厚的房门是暂时阻隔大火的有效物品之一。

续了。

"啊!"他又一次用尽全身的力气朝门撞去。

门开了。艾登踉跄着进了公寓,然后抓住李强的后脖颈,把李强也拉了进来。

第 八 章

防火门

两个男孩"砰"的一声把门关上了。他们倚着木门，看向对方，大口大口地呼吸公寓里的新鲜空气。

他们所在的位置是这间公寓的玄关，跟顺蕊姑姑的房子一样，房子里还维持着地震发生时的样子。钩子上挂着外套，一本杂志放在桌子上，好像主人只是暂时出去了。

艾登和李强感觉他们靠着的木门越来越热，赶紧离开了门的位置。

"你觉得门会烧起来吗？"李强问。

"一定会。那可是木头做的。"艾登指出。

"但它不是防火门吗？"

"防火门并不能永远挡住火，只能起到拖延时间的作用。"艾登皱皱眉头试图回忆起什么，"上次我和在英国的表哥视频聊天时，他说他们学校刚组织了消防讲座。消防员说防火门并不防火，它们只是用来阻挡气流，以减缓火势蔓延的速度。这样火就不会瞬间烧毁整栋大楼，给了大家逃生的机会，也能让消防队及时赶到，以免造成太大的破坏。我想，警报器在响了之后，应该会自动联系消防队。"

他听说过火灾警报器有这个功能。

"所以，"艾登接着说，"我们只需要等待……"他又想起了什么，脸一下子沉了下去："哦！"

李强已经知道了问题所在。"消防队来不了，"他轻轻地说，"因为桥还没修好。"

"我们得出去。"艾登马上说。他闻到了烟味，即使门关得紧紧的，烟还是可以穿过最小的缝隙。

他环顾四周，注意到了挂在门边的外套。他默默跟衣服的主人说了声对不起，就拿起最近的一件塞住了门缝。

"我们去下一个房间。"他说。

他们匆匆走到客厅，艾登赶紧把门关上。现在他们和火之间有两扇门和一条玄关走廊，每一点距离都有帮助。

李强已经去开窗了。他们在一楼，离外面的地面只有不到两米。跳下去很容易，如果他们能出去的话……

"哎呀，我的天哪！"李强大叫。

窗户是向外打开的，但是窗户上有铰链。由于他们在一楼，窗户上有一样顺蕊姑姑的窗户没有的东西，那就是防盗锁，窗户的上下两端各有一个。防盗锁其实就是短短的金属链，连接着墙壁和窗户的边缘。窗户只能打开几厘米，足以让空气流通，但小偷肯定没办法进来，也没法让一个男孩子出去。

躲在没有着火的房间里，用衣物等东西把门缝塞严，防止烟雾进来。

"或许我们还是得从走廊跑出。"李强建议。

"或许不行。"艾登研究起防盗锁，"我表哥还告诉过我，在英国，每年都有四百来人因大楼发生火灾时吸入烟雾而死亡。你想想，每年四百来人意味着每天都有超过一人因此死亡。

听到这里，李强睁大了眼睛。

"啊，不知道中国的数字是多少。"

"嗯，肯定高很多，因为中国人口更多。好了，我觉得我们能出去。"

"是要砸碎玻璃吗？"李强问。

"我们已经把门撞开了，我不想把窗户也砸了。而且这也很危险。我们可以把螺丝拧开，看看能不能找到螺丝刀。"

小贴士

防火门并不能一直挡住火，只能拖延时间。

第 九 章

保持冷静、认真思考

防盗链被固定在窗户边缘和墙体的金属板上。金属板上拧了螺丝。艾登认为，最重要的是从公寓里面找到螺丝刀。

他们开始在屋子里翻箱倒柜地寻找螺丝刀，客厅里没有找到，烟雾却越来越浓。他们又去翻厨房里的抽屉。

"这些可以！"李强说，他手里拿着一对钢制餐刀，刀尖圆而钝。

"完美！"

他们快步回到窗户前，开始拧螺丝。艾登扶住窗户的一边，李强扶住另一边。他们把刀尖放到螺丝的凹槽里，但它们贴合得并不紧密。螺丝也太紧了，他们每次一转刀，刀就滑出来了。

李强发出沮丧的声音，这已经是第三次尝试了。

"冷静一点，"艾登建议，虽然他自己也很抓狂，"记住贝尔·格里尔斯会怎么做。保持冷静，集中注意力，认真思考。"

他一边用手把刀子压在凹槽里，一边轻轻地转动。力道不能太大，以防刀子又滑出来，但又得足以让它留在凹槽里。慢慢地，螺丝开始转动。

几秒钟后，螺丝松了。艾登用刀又转了几圈，剩下的就可以用手拧开了。

每个锁头由两根螺丝固定，总共就是四根。不用一分钟，李强就把螺丝全都拧开了。防盗链松了，窗户就可以推开了。艾登先帮李强扶着窗户，李强翻过窗台，跳落在花坛里。然后李强又伸着手从外面帮艾登扶住窗户，艾登也跳了出来。艾登的脚刚着地，两人就跑了起来。他们根本不知道自己要去哪里，只知道要离火越远越好。

前方可以看见广场中间的池塘，他们放慢了脚步，喘着气在池塘边停了下来。

转身望去，A座外面没有着火的迹象，但烟雾已经从一楼半开的窗户和入口处飘出。

"爱玛和顺蕊还在里面！"艾登叫了起来，"她们要怎么出来？大门是走不了了！"

他的目光转向四楼，试图找到顺蕊姑姑那间公寓的位置，也就是他最后一次见到两个女孩的地方。

李强跑上前来，指着一个地方说："她们在那儿！看！"

顺蕊和爱玛正从四楼的窗户探出头来，朝他们招手。

第 十 章

床单和被罩

顺蕊姑姑的公寓里。

"最后几件了。"

爱玛拿来几件折好的衬衫，把它们放在客厅的桌子上，那里已经堆了不少东西。

"应该就这些了。"爱玛满意地说。每次顺利完成一项任务，她总是感觉很好。

顺蕊拿着姑姑提供的手写清单逐一清点。

"是的，这些就是她让我们拿的东西。"

"现在我们只需要等男孩们拿来箱子……"

一声刺耳的电子仪器声把两个女孩吓了一跳。声音来自外面的走廊，虽然隔着门和墙，但她们依然听得很清楚。爱玛不得不提高声音说话。

"这到底是什么？"

顺蕊皱了皱眉头。

"我觉得是火灾警报器响了！"

她打开大门朝外面看去，警报器的声音立刻变成了之前的两倍。除此之外，外面一切如常。

"不会是男孩们不小心让房子着火了吧？"爱玛开玩笑地说。

顺蕊用鼻子闻了闻，很快意识到这可能并不是一个玩笑。

"你能闻到烧东西的味道吗？"顺蕊问。

爱玛来到门边，也闻了闻。她的脸色马上不好了，她闻到了烟的味道。这味道不像烧木柴时升起的烟，宜人柔和，而是苦苦的，很不好闻。这味道很不对劲。

"我们得出去。"爱玛说,"不过,我们会不会错过男孩们?他们会想办法回来这里吗?"

"他们不应该这么做。"顺蕊指着墙上的红色告示,"这里写了,如果警报器响起,应该离开大楼。我们走吧!火扑灭以后再来拿姑姑的东西。"

"同意!"爱玛说。

女孩们跑到走廊的尽头,来到楼梯所在的位置。她们推开楼梯间的防火门,一下子又退了回来。

"啊!"

"天哪!"

楼梯间里浓烟滚滚。门一打开,烟雾就像一只活泼的动物,立刻钻进她们的鼻子、眼睛和喉咙。

两个女孩跌跌撞撞地回到走廊,赶紧关紧楼梯间的门。她们看着对方,眼泪从已经发红的眼睛里流了出来。

"我们应该报火警。"爱玛说。顺蕊摇了摇头。

听到火灾警报器响起时，应当第一时间离开建筑物。

火灾逃生知识三

听到火灾警报器响起时，应当第一时间离开建筑物。

"你有手机吗？我没有。姑姑也没有座机。我们必须出去，但不能从这儿下去。"

她们都沉思起来。

"我们可以屏住呼吸快速跑下去吗？"爱玛问。顺蕊想了想。

"我们或许可以下几层楼梯，"这一点顺蕊是同意的，"但是在移动的过程中，我们会用尽肺里的空气。还没离开大楼，就憋不住气了。这时候，我们必须深吸一口气……"

"然后吸进去的全是烟。"爱玛替她把话说完了，"不行，这行不通。"

"我们不能就待在这儿吧?! 可以吗？"爱玛想了想。这是一个冒险的主意。关上所有门，堵上所有的缝隙，等消防队来。他们总会来的。这意味着，她们的生死，交到了别人的手上。

不，不行。

"在伦敦有这么一个地方，"她说，"我听过关于那里的故事。叫什么来着？格伦费尔塔。那是一栋住宅楼，就跟这里一样，不过它更高。格伦费尔塔发生了火灾，很多应该逃生的人选择了原地等待。"爱玛咽了咽口水，"很多人因此失去了生命。"

顺蕊花了一点时间来消化这些信息。

"那我们还是离开吧。"她说，"或许姑姑家里有什么东西可以帮助我们爬下去。"

顺蕊往卧室跑去，爱玛跟在后面。爱玛到的时候，顺蕊正在从卧室的衣柜里往外拿床单。

"我们有床单和被套，它们从一个角到另一个角至少有两米。你觉得我们现在的位置有多高？"

爱玛急忙跑到窗前，推开窗户，把头伸出去朝下看。她知道她们在四楼，那看上去很高。但是比起冒着生命危险下楼梯，从用床单和被套做成的绳子上爬下去，应该是更好的选择。

"我猜至少十米。"她说。

"好的，三张床单，三张被套，这就是六乘以

火灾逃生知识四

　　如果被困在不太高的楼上，楼梯无法使用，可以尝试用床单等东西连成绳子，从窗户爬下去。

二,十二米!我们可以下去!"

窗外广场上的动静吸引了爱玛的注意力,她抬起头,一种如释重负的感觉涌上心头。

"艾登和李强在那儿!他们没事!"

"哪儿?啊,太好了!"

顺蕊也跑到窗前,两人使劲地挥手。男孩们终于注意到了她们,一起朝她们跑来。艾登把双手放在嘴边,大声叫道:"大楼着火了!整个一楼都烧着了!"

第 十 一 章

接绳结

爱玛翻了个白眼，想到了一些开玩笑的话。

例如："不是的，只是因为太冷，我们刚开了暖气！"

又或者："我还以为那股难闻的味道，是你们在做饭。"

但她没这么说。

"我们没法下楼梯。"她大声回复，"我们打算从墙上爬下去，你们在那儿等着我们。"

女孩们回到房间，开始把做绳子的材料系在

一起。

"对角线最长。"顺蕊说，"所以我们应该把每一张床单和被套折成直角三角形，卷成长条状，然后把每一条系在一起。你觉得贝尔·格里尔斯会用什么样的结？"

这不是回忆绳结打法的最佳时机，但爱玛很努力地想了想。

"有一种绳结适合那种把两条粗细不同的绳子系在一起的情况。"她说，"我们可以试试。"

"好的，要怎么打？"

"让我想想……"

她们把一张床单和一张被套放在一起，开始尝试。最终，她们想出了绳结的打法。爱玛记得这叫接绳结，用于连接床单和被套十分合适。

首先，把床单弯成一个 U 形，然后将被套从 U 形中间的下方向上穿出，再从外侧绕 U 形一圈。最后，让被套从自己与床单形成的缝隙中穿过。

"这样的话,"爱玛说,"它们就互相拉紧了。要不然,当床单和被套受力时,我们的重量有可能导致绳结松开。"

绳结打好后,女孩们试了试。她们一人拉一边,朝相反的方向用力。先是轻轻地,然后使点劲,最后用上所有的力气。

力气越大,绳结打得越紧。

"成功了!"顺蕊高兴地叫道。

"我们把剩下的也系起来吧。"

她们马上忙活起来。

"我有一个问题。"顺蕊说,她正拿着做成U形的床单,让爱玛可以把另一张被套穿过去,"每打一个结都会让整体的长度变短一些,最后绳子还到得了地面吗?"

爱玛想了想,说:"不一定要碰到地面,只要足够接近就可以了。我们能安全地跳下去就行。"

"对我们来说这些足够了。"

女孩们继续努力地将床单和被套做成一条长绳子。

她们系到最后一个结的时候，爱玛闻了闻空气。

她说："我想火势越来越大了。"

（"爱玛！"）

爱玛听见艾登在外面叫她的名字。好吧，很快他就不需要这样大叫了，她会站在他身边的。

（"爱玛！顺蕊！"）

"男孩们好像有什么事。"顺蕊说道。

"烟的味道真的很浓。"爱玛说，"或许他们想告诉我们，火势凶猛。"

"我们可能要快点离开这儿了！"顺蕊果断地把最后一个绳结拉紧。

"我们得把这一头拴在什么东西上面。"爱玛说，"那张桌子怎么样？"

房间的另一边有一张钢和玻璃做的茶几。桌面是一块圆形的玻璃，下面由三条金属腿支撑。

"完美！让我们把它搬到离窗户最近的地方。"

女孩子们抬着茶几走向窗户。就在这时，大量浓烟从外面飘了进来，整个房间都是灰色的、恶臭的烟雾。她们俩被呛得猛烈地咳嗽起来。

"帮我关窗！"爱玛不停地喘气。她们紧闭双眼，伸手摸到了窗把手，一起使劲关上了窗户。房子里的空气马上变得清新了一些，但是烟雾的气味依旧很浓。在不停地眨眼睛和流了很多眼泪之后，她们终于能睁开眼睛了。

"天哪，不是吧?!"爱玛小声说。外面什么也看不见了，没有广场，没有艾登和李强，也没有其他住宅楼，只有扭动着的、翻滚着的烟。火势已经蔓延起来了。

她又想到了格伦费尔塔。大部分着火的地方都在大楼的外部，但是烟飘进了每一个房间。这才是导致许多人遇难的原因。

"或许我们还能下去。"顺蕊带着一丝希望说，"比如把湿毛巾围在头上来挡住烟，然后往下爬……"

橙色的火焰在窗户下摇曳，女孩们同时跳了起来。火又后退了一点，像蛇回到洞里一样。但火显然很接近了，玻璃已经开始变黑。

爱玛意识到窗外已经不仅仅是烟了，火也烧过来了。

"现在爬下去的话，我们必须穿过火焰!"顺蕊惊恐地说，"湿毛巾也不管用了。"

"我们也没法走楼梯。"

女孩子们面面相觑。

她们被困住了！

小贴士

接绳结打结方法示意图

第 十 二 章

烟和水

"好吧，让我们捋一捋。"顺蕊低着头想了一会儿，然后抬起了头，手在空中做出打钩的手势。

"我们不能走楼梯下去，我们不能从外面爬下去，我们也不能留在公寓里，因为我们不知道这里会变得有多热，也不知道烟雾会有多少。"她跺了一下脚，"假如我们下面的公寓着火了，那我们就等于在烤箱里炙烤，火终会烧到这儿的。"

"那唯一的办法就是往上。"爱玛说，"我们应该去天台！至少那里有新鲜的空气。而且我们要离火越远越好，这样能给消防队尽可能多的时间。或许他们能派直升机来救我们。"

"就这么做吧！"顺蕊立刻表示同意，然后脸上显现出一丝不安，"但我们还是必须走楼梯。"

"是的，但我们是往上走，而不是往下走。同时，我们能想办法抵挡一会儿烟雾。"

爱玛告诉顺蕊该怎么做，她们马上准备起来。顺蕊从姑姑的衣服里翻出两件衬衫，爱玛把她们带来的所有水都倒进厨房的洗碗池，又在冰箱里找到了几瓶水，把它们也倒进了洗碗池。接着，她们把衬衫泡在洗碗池里，直到衬衫完全湿透。

"快走。"爱玛说。每一秒的拖延都会让火焰离她们更近，她们必须抓紧时间。

"等一下。"顺蕊抓起她们用床单和被套做的绳子，"我们费了那么大的劲，这些之后可能有用呢！"

她们拿着滴水的衬衫跑到楼梯间的门口，再互相帮着对方把衬衫绑在头上，遮住鼻子和嘴巴。

火灾逃生知识五

用打湿的布捂住口鼻，可以短暂地抵挡烟雾，让自己不至于吸入太多有害气体。

"现在我们看不见了。"隔着衣服，爱玛的声音小小的，"只能右手抓着扶手，一直往上爬。"

"好的。"顺蕊的声音也小小的。她捡起绳子，夹在左臂下面。

"出发！"

爱玛把手放在门把手上，另一只手拉起衬衫，遮住眼睛，然后猛地推开了门。

第 十 三 章

数台阶

　　门一开，烟雾和热气马上向爱玛袭来，但是没有火。隔着湿衬衫，她依然能闻到烟雾的臭气，但是比没有衬衫好多了。她能够比较顺畅地呼吸，但也绝不能久留。衬衫已经遮住了爱玛的视线，为了保险起见，她还是闭上了眼睛。她们只能靠感觉来行动了。

　　爱玛伸出右手摸索着往前走，直到她找到了扶手。接着她向右转弯，开始上楼梯。身后传来动静，显然顺蕊也跟上了。

到天台还有两层，也就是一共有四节楼梯。走完第一节楼梯时，爱玛感觉到扶手突然转弯了。她走了一小段平路，然后下一节楼梯开始了。爱玛手不离扶手，身子跟着手的指引前行。

"第一节楼梯走完了。"爱玛提醒顺蕊，然后"哎哟"了一声。

爱玛判断错了下一个台阶的位置，脚不小心踢到了台阶上。她踉跄几步，差点松开扶手摔倒。她赶紧稳住脚步，重新站了起来。

又是一声"哎哟"，顺蕊从后面撞到了她。

"对不起。"顺蕊说。

"没关系。"爱玛透过湿衬衫吸了一口气。衬衫要干了吗？还是烟雾变得更浓了？她只想扯开衬衫，闷头往前跑。但她知道，这是致命的。"快，下一节楼梯。"她说。

这一次，爱玛数了数一节楼梯有多少级台阶。

"十三级台阶。"她朝身后喊道，"你往上走的时候数一数，这样就知道什么时候到顶了。"

　　爱玛按照自己的建议走完了下一节楼梯，这样她就不用放慢速度，也不用担心踩空了，她可以用更快的速度前进了。她们步履匆匆，但决不能奔跑，必须保持适当的速度，以保证安全到达。

　　她们终于走完了最后一节楼梯，扶手不见了。

　　"我们到顶了！"

　　爱玛让出路来，让顺蕊也上来。女孩们四处摸索着，楼梯顶部是一个小小的方形平台，其中一面墙上有出口。

　　"找到了！"顺蕊叫道。爱玛顺着声音转向她，她们摸到了门上的推杆锁，用力一按，门开了，她们来到了天台。

第 十 四 章

消防用水

"啊！"顺蕊满心感激地大口呼吸着。女孩们扯下衬衫，再一起关上了门。

天台的空气比楼梯间清新，但她们依旧逃不开烟雾的味道。A座是个长方体，浓烟从它边长较长的两侧涌上来。她们爬上来的这段时间里，火势变得更大了。两边的烟在顺蕊和爱玛的头顶聚集，遮住了天空。她们走到对着广场的那边朝下看去，爱玛想跟男孩们打招呼，可是她根本无法透过烟雾看到地面。

不过，这座大楼边长较短的两侧没有烟雾，因为那里没有窗户。顺蕊和爱玛赶忙跑到能呼吸到新鲜空气的那边，那里有一道齐腰高的护墙，很安全。

"看来我们跑出来是对的。"顺蕊说。

"嗯，给自己争取了一点时间。"爱玛表示同意。

顺蕊抬头看了看头顶的黑云："我对直升机了解不多，你觉得它们在这种情况下能降落吗？"

"我也不知道。"爱玛心情沉重地说。她没有说出内心的想法，因为没有意义。

这栋大楼会倒吗？

它可是混凝土做的，混凝土是不会燃烧的。但如果其他所有的易燃物都烧光了呢？火迟早会熄灭的。在那之前天台都是安全的吗？还是说，脚下的大楼会轰然倒塌？

爱玛没有答案。这也是问题所在，但她们必须做最坏的打算，她们必须假设大楼会倒。

如果这样的话，她们应该怎么做呢？爱玛四处看了看，希望能找到一些有帮助的东西。

她们旁边有一个水箱，它和一辆家用车差不多大，约两米高。水箱由灰色的金属制成，带有可拆卸的箱顶。水箱放在煤渣空心砖上，管子从水箱里伸出来，一直延伸到天台的下面。透过火燃烧的声音，爱玛可以隐隐听到流水声。水现在一定正从水箱里流出去，它应该是靠重力工作的，不需要水泵。

"消防用水。"顺蕊读出喷在水箱上的红字，"一定是连接洒水器的。你觉得它能灭火吗？不，不行吧？"

爱玛想了想水箱里会有多少水，又想象了一下用这些水来对抗整个 A 座的大火。不，这样做行不通。

她朝 B 座望去，那里看着很近。也许有十米，几秒钟就能到。

在她们脚下，也就是护墙的底部，有一些连接 A 座和 B 座的线缆。大概有四五条的样子。爱玛猜它们是用来供电的，以及电话线之类的。

"嗯……"顺蕊若有所思地说。接着，她弯身向前，肚子贴在护墙边，用手指扯了扯线缆："你知道吗，或许我们有别的办法可以下去。"

第 十 五 章

六层之上

"你的意思是，"爱玛不敢相信地说，"用这些东西过去？"

"是啊，我在健身房这么干过。"顺蕊试图给她信心。

"好吧，但是……"爱玛朝地面看去，"在健身房，离地也就几米，而不是六层楼！"

顺蕊紧张地随着爱玛的目光往下看，她咬紧了牙关，目光坚定。

"我知道我们的位置更高，"顺蕊说，"但是原理是一样的。如果我可以抓住健身房的绳子，我也可以抓住这里的线缆。"

爱玛看了看线缆，每条大概半英寸①粗。看起来它们承受不住什么重量。

"它们够结实吗？"

顺蕊用手试了试。

"如果把它们聚在一起，应该就跟绳子一样结实了。而且我们比成年人轻，不是吗？我会先过去，示范给你看怎么做。"

"好吧……"爱玛紧张地说，然后她又想到了什么，"等等，我们可以再保险一点。就算要做一件危险的事情，也要采取保护措施。"

之前顺蕊把带上来的床单和被套做成的绳子放在了地上，爱玛赶紧跑去把它拿了过来。

"我明白你的意思了。"顺蕊感激地说。

---

① 英寸：英制中的长度单位。1 英寸合 2.54 厘米。

"男孩们逃离学校的时候，用消防水带做了同样的事情。"爱玛说。

绳子大约十米，足够到 B 座了。

她们在绳子的一端做了一个圆圈，圆圈从顺蕊的头上套过去，然后被她夹在腋下。爱玛将另一端系在穿过天台的水管上。

顺蕊吞了一口口水。

"出发了！"

在护墙的外边，有一个小屋脊。顺蕊爬出护墙，面向外面。她慢慢蹲下来，直到坐在线缆上。她的两腿叉开，下面就是六层楼的高度。

她十分小心地向前倾，身体的重量压在线缆上，保持着平衡。线缆从她胸部下方和双腿间穿过。顺蕊弯曲一只膝盖，用脚钩着线缆。然后，她开始把自己向前拉。

顺蕊一点一点往前挪，爱玛一点一点放绳子。爱玛的动作很小心，注意不让绳子钩住别的东西，以免顺蕊从六层楼高的线缆上掉下来。

爱玛意识到自己屏住了呼吸，于是赶忙恢复呼吸。顺蕊身下除了空气，什么也没有。一方面绳子的保护让人安心，如果顺蕊掉下去，绳子会吊起她。另一方面，她掉下去的时候可能会因绳子的摆动撞到墙壁。这也好不到哪儿去。

线缆并不是拉紧的，中间的部分是垂下去的。也就是说，前半部分是下坡，后半部分是上坡。

一点一点地，顺蕊接近了 B 座的护墙。它和 A 座的护墙一模一样，也有一个凸出来的屋脊。

到达 B 座的时候，顺蕊先停下来认真思考了一番该如何上去。然后她将身子尽可能地前倾，直到双手可以抓住屋脊。她把自己用力往上拉，同时双脚滑离线缆，一只膝盖放在屋脊上，再放另一只膝盖。接着，两只手相继抓住护墙，这样她就可以站起来了。她快速翻过护墙，安全到达另一边。

"到你啦！"顺蕊高兴地喊道，"线缆跟健身房里的绳子不太一样。"

"是吗?"爱玛低声嘟囔着。

"它们没有绳子那么平滑,你得用力拉。除此之外,就像我刚才那么做就行了。"

顺蕊解下她这一端的绳子,系在 B 座的水管上。在另一端,爱玛把自己用绳子做的圆圈套过肩膀,夹在腋下。

然后,她翻过护墙,重复了顺蕊的动作。

第十六章

十米的路程

接下来的几分钟在爱玛的记忆中是模糊的。

"光用手臂拉还不行，"顺蕊朝线缆的方向探着身子叫道，"你还得用脚推。如果把所有重量都放在胸部上，你可能会呼吸不畅，所以得四肢一起支撑着自己向前进。"

爱玛咬紧牙关点点头。她不敢说话，以防分散了注意力。她所有的精神都集中在身下摇摇晃晃的"绳子"上，其余的事情都不重要。她的手一直紧抓线缆，把自己向前拉。

爱玛不断感知自己的平衡，重新调整位置。她本能地想朝下看，但是这样的话眼前就是摇摇晃晃的地面，她决定还是不要看了。她闭上眼睛，靠感觉向前。

爱玛记得顺蕊在爬的时候，线缆是下垂的。前半部分顺蕊其实是在往下爬。这么一想，爱玛马上觉得身体的重量都冲到了头上，现在她随时可能头朝下直接栽到地面上。

她赶紧又睁开了眼睛，看见线缆组成的"细线"在身下将她拉住，从眼前延伸到远处。线缆仍是往下的，爱玛抬高了头，去看她的终点——B 座的外墙。好远啊！简直是不可能完成的任务！

如果十米的路程看似无法完成，那一米呢？爱玛心想。好吧，我先爬到前面的鸟屎那儿试试。

咬着牙，爱玛爬到了鸟屎的位置。

现在，我要爬到沙石那儿。

一米又一米，一个目标又一个目标，爱玛越过了线缆的最低点。她的目光从未超过下一个一米，或是下一个给自己设定的目标。直接瞄准目的地没有意义，那里怎么看都是那么远，虽然爱玛知道，她一定在向目的地靠近，但是她只关注当下。足够的当下加起来就是一次成功的超越。在当下，她要做的就是稳稳地待在线缆上，然后向前。

当下。

当下。手向前，拉，手向前，拉……

"马上到了！"顺蕊喊道，"最后一米……"

爱玛的手碰到了墙边。她的手握得更紧了，她可不想现在掉下去。

顺蕊伸手帮爱玛爬过来。几秒钟后，爱玛就双腿打战地站在了 B 座的天台上。B 座和 A 座一模一样，但是没有着火！

上一次她站在没有着火的楼里，感觉已经是很久以前了。

"谢谢你，顺蕊！"爱玛喘着气说，"现在让我们回到地面吧！"

第 十 七 章

烟火之帘

"那里！女孩们在那儿！"李强大叫。艾登把目光从着火的 A 座移开，跟随朋友手指的方向看去。他的心怦怦直跳。

爱玛和顺蕊正以最快的速度跑出 B 座。

艾登一边想她们到底是怎么过去的，另一边则只关注一件事：她们安全了！

"爱玛！"他大叫着朝前跑去。

"不能去！"一个男人立刻制止了他，"在这里等着。"

艾登都没注意到有别人来了，他感觉已经很久没见过李强、爱玛和顺蕊之外的人了。艾登抬头去看这个男人，然后又看到了另外几个人，这下他明白他们是做什么的了。

他们都穿着绿色的工作服，工作服的背后有场地管理部门的标志。这个居民区里并不是只有艾登他们四个人，只是因为人烟稀少，他们才有了这种错觉。场地管理员当然也在这里，艾登心想，他们的工作就是照顾草木。目前他们是现场仅有的成年人，他们要做成年人会做的事情，也就是保证孩子们的安全。

艾登开始抗议："但是我姐姐……"

男人不肯让步。不过艾登发现这已经不重要了，爱玛已经跑了过来，他们紧紧相拥，就像从未拥抱过任何人一样。

"我以为你还在里面……"

"我们爬过了那些线缆……"

"你们怎么出来的？……"

"我们在很高的地方……"

他们急着分享自己的经历，谁都没听对方在说什么。顺蕊和李强不是姐弟，只是好朋友，他们的对话要理智得多。他们互相告诉对方都发生了什么，以及他们是怎么逃出大楼的。

这些都聊完后，他们都转身朝火灾现场看去。

"我觉得没救了。"艾登说。

"我觉得你是对的。"顺蕊表示同意。

整个 A 座的正面，整整六层，都被一张浓烟和大火织成的帘幕遮住了。

第 十 八 章

盒子的燃烧

每一扇窗户里飘出的黑烟都升到空中聚集在一起。热气蒸腾，空气中似有一股巨大的力量在撕扯他们的皮肤，把他们往后推。他们无法更接近大火了，哪怕他们想这么做。

还有那臭味！令人窒息的味道，比他们在里面闻到的还要臭一百万倍。这提醒了他们，正在燃烧的不只有木头，还有塑料、油漆和灰泥。有时，一股橙色的火焰从烟雾中探出头来，几秒之后又缩了回去。它让艾登想到了蛇，一条吐着芯子感知四周的蛇。

或许不是蛇，他打了个寒战，想起了火焰冲出储藏室的景象。它不是蛇，是龙，是藏在烟雾后面的龙。这条"龙"引发了这场大火，现在正等待时机，占领下一座大楼。

"真不敢相信，火势蔓延得如此之快。"爱玛说。

场地管理部门的主管听见了她的话。

"是风。"他说，"我们烧盒子和包装箱之类的东西的时候，也会借助风力。我们会让盒子开口的那一面对着风，然后在里面放满东西用于燃烧。新鲜的空气把氧气带进盒子里，氧气无处可逃，燃烧就会格外猛烈。在这里，风来自那些打开的窗户。它们让楼房变成了一个巨大的盒子，风不停地吹进去。

"风越来越大了。"艾登说。他之前还没意识到，早上几乎是无风的，他们走过来的时候个个都汗流浃背，一点点微风都是恩赐了。

但是现在，他感觉到大风吹过他的头顶。

"点燃篝火的时候就会这样。"主管说，"热气上升，记得吗？热量让空气上升，所以需要更多的空气从下方填补。这就让风变大了，风大了，火就更大，火大了，空气上升得更快……循环往复。"他面色阴沉地指了指着火的大楼："这就是结果。"主管皱起了眉头。

"你们这些孩子怎么还在这儿？消防队肯定已经知道了火情，你们现在最好回家去，把这里留给专业人士处理。"

第 十 九 章

一百二十个家庭

四个朋友互相看看。

主管是对的。但他们经历了那么多，都想看看最后的结果。他们都不想走，反正大家都安全了，他们也知道如何避开危险。

"桥塌了，消防员没办法过桥。"李强指出。主管的眉头皱得更紧了。

"你知道他们有便携式的设备吧？他们应该已经在路上了，只是需要一些时间。你们在这儿也干不了什么，你们的爸爸妈妈也会想知道你们去哪儿了。"

"他们知道我们在这里。"艾登向他保证。主管耸耸肩，眯起眼睛望着那股烟柱，它比大楼还要高好几倍。

"那他们会担心的，不是吗？"

顺蕊明白了他的意思。

"这股烟，好几英里①外都能看到，他们会以为我们还在楼里！"

"很有可能。"主管同意地说。

突然，艾登想到一个他们应该离开的好理由。

"每层楼有几户人家？"他小声问。

"二十。"顺蕊快速回答道。

"六层楼……"李强说。

"六乘以二十就是一百二十。"爱玛说，"一百二十个家庭失去了他们的家。"

---

① 英里：英制中的长度单位。1 英里合 1.609 千米。

这就是他们应该离开的原因，艾登心想，如果有人被别人像秃鹫一样围观自己的家被烧成灰烬，他会有什么感受？这是不尊重和不礼貌的行为。

"走吧，"他喃喃地说，"我们应该让父母知道我们没事。"

他们都转身准备离去。

"真希望我们能做点什么。"李强说，他们没精打采地往回走，"我们都知道消防队一时半会儿来不了。"

"就算他们来了，也不能拯救姑姑的那栋楼了。"顺蕊补充道，"他们只能让火烧完。"

就在这时，只听一声巨响传来，吓得孩子们都跳了起来。他们花了一点时间才弄明白那是什么，原来是有燃烧着的残骸从楼里掉下来了。

残骸没有掉到广场上。如果是这样，那就好了，因为广场是用石砖铺成的。

在广场的边缘，有一条填补大楼之间空隙的草坪。草坪上除了草，还有灌木和花坛。

残骸落在了草坪上。经过一个漫长而炎热的夏天，草坪极其干燥，星星点点的火苗已经散落在草坪上了，就像从掉落的玻璃杯里流出的细流。

"天哪！"爱玛大叫，她朝新燃起的火苗的方向看去，那里离 B 座只有几米远，"要烧过去了！"

"你们几个！"

四个朋友闻声张望，见到那个跟他们说话的主管正招呼他们回去。

李强指着着火的草坪叫道："火在扩散！"

主管开始朝 A 座对面的 C 座跑去，边跑边对着身后喊："我知道！这就是为什么我叫你们过来，我们得一起阻止火势的蔓延！"

第 二 十 章

防火隔离带

几个好朋友互相看看，既疑惑又兴奋。他们可以一起阻止大火吗？他们一点头绪都没有。

但他们很快就跟上了那个主管。

在 B 座尽头两扇上了锁的大门前，另外几个场地管理员（三位男士、两位女士）已经聚集在了主管的周围。主管在腰带上找钥匙，其他人在一旁等待着。他终于开了锁，打开门，这是场地管理部门存放工具的小屋。几台坐式割草机停在角落，园艺工具有的放在架子上，有的挂在墙上。这个地方都是草和泥土的味道。

"在这里等一等。"主管伸出一只胳膊挡在孩子们面前，其他的管理员进去拿了水桶，又匆匆跑到广场中央的池塘边。

"好了，"主管说，"你们进来吧。接住！"

一个角落里放了一大堆铁锹和锄头，他给每个孩子扔了一把。

"现在，跟我来。"

他们往回跑到那些灰烬掉落的地方。与此同时，场地管理员们正在从池塘里舀水，再倒到烧着的草坪上。每一桶水都让火后退了一点，但他们得不断地去装水。

"水没法一直挡住火势，"主管说，他在离灭火的同事几米远的地方停住了，"所以……"他把铁锹扎进土里，再用脚踩深，然后双手抓住铁锹柄，铲起一些土朝火的方向扔去。

"挖！"他指示道。

艾登、顺蕊、爱玛和李强在草坪上排成一排，开始挖土。大人们继续用水桶灭火，孩子们在土里挖出一条沟渠。

"你知道吗，"爱玛一边挖土一边说，"在伦敦大火中，他们用火药炸掉了一整个街区的大楼，作为防火隔离带，就是为了拯救那座城市。"

艾登知道，这正是他们在做的事情。他们在挖防火隔离带，也就是一个火无法燃烧、无法逾越的地方。他们用这种方法保护 B 座。

"把土向火的方向铲。"主管命令说，"每一点努力都有帮助。"

这项工作强度很大。天气本就炎热，再加上几米外的火焰散发出来的热气，孩子们浑身都湿透了。汗水沿着艾登的头发流下来，浸湿了他的 T 恤。

但他感觉好极了！他朝朋友们笑笑，他们也回以骄傲的笑容。能为灭火贡献一分力量真是太好了。

艾登突然又想到了什么。整个 A 座都着火了，但他们只在这一侧挖防火隔离带。

"假如火势蔓延……"艾登喘了口气继续说，"至另一个方向，到 A 座的另一边，怎么办？"

主管又铲起一块土。

"大楼的另一边只有停车场。但是这边……"他指向三栋在不同方向的大楼，两栋在着火的 A 座两边，广场的另一边还有一栋，在小区外面，"阻止火蔓延到其他大楼是我们的首要任务。继续挖！"

火灾逃生知识六

　　火势过大时，可以挖掘防火隔离带，阻断大火的蔓延。

第二十一章

空中漩涡

在那之后，艾登也不知道他们又挖了多久。水桶小分队已经扑灭了着火的草坪，接着也都拿了铁锹来帮忙挖防火隔离带。汗水顺着他的脸淌下来，他的手臂在抽动。手上肯定已经起茧了。"荣誉伤口。"爸爸一定会这么说，他在做有意义的事情。

他们终于挖了一条横跨草坪的沟渠。沟渠不深也不宽，但这没关系，因为泥土不会燃烧。

"干得好，"主管满意地说，"现在你们应该回家了，继续留在这里很危险。我去帮帮别人。"

主管朝他们点点头，又在每个人的肩膀上用力拍了拍，然后就拿着铁锹跑走了。

"天哪，我渴死了！"李强喘着气说。

"我想这又是一个回家的理由了。"爱玛笑着说，"这里可没水喝。"

"喝水、洗澡。"艾登疲惫地表示同意，"我从没觉得这么……"

他后面的话被一声巨大的响声淹没。更多燃烧着的残骸掉落下来，孩子们离事故发生地有几米远，因此不会被砸到。

但真正的危险并不在此。

残骸掉落在地面上，激起一团火花和余烬，碎片像萤火虫般在天空旋转。

艾登不敢相信地瞪大了眼睛。他在水里见过这种现象，但从未在天空中见过。有那么几次，在泡澡或者在游泳池里的时候，他的手在水里划过，就看到了这样的现象。向前移动的手把水推开，更多的水在手的后面涌入，形成小小的漩涡，填满水里的空隙。

艾登从没想过空气也和水一样。唯一的区别是，你一般看不见空气，也就不知道它运动的轨迹。但现在由于空中飞舞着烟雾和火花，艾登可以清楚地看见空气的运动。它在离地面几米高的地方一圈又一圈地旋转着，就像空中的漩涡。

其中一个漩涡带着火花，转啊转啊转啊……飘过了防火隔离带。

第二十二章

敌人的入侵

艾登下意识地跑了起来。根据眼睛追踪到的火花的轨迹，他能够预估火花落地的大致区域。他把铁锹举过头顶，就像一件准备进攻的武器，奔跑的双脚踩在干草上。

火花像羽毛一般轻柔地落在干草上。草马上变脆、变黄，微弱的火苗出现了。

火苗只闪烁了半秒钟，艾登就用铁锹重重地砸了下去。火苗还没有机会变成大火，就熄灭了。

艾登靠在铁锹上，喘着粗气。

"好险啊！"

"又来了！"李强大叫着，又有一群"萤火虫"飞过他们的头顶。

新的火花往爱玛和李强中间的位置飘去，他们立刻从不同的方向飞奔而来。李强挥舞着铁锹朝火花落地的地方砸去，差点就打到了爱玛的脑袋。还好爱玛及时躲开，金属铁锹只是从她头顶掠过。

"哦！对不起！"李强吓了一跳。

他的注意力分散了一瞬间，火花已经稳稳落在地上。顺蕊跳上前去，用脚把它们踩灭了。

"好吧，我们得集中注意力了。"顺蕊坚定地说，"我们四个人要阻止这片草地着火，就要分散在四个不同的地方。"她从左至右指了指其余三人："艾登，那里；李强，那里；爱玛，那里；我在这里。又来了，快去！"

顺蕊的话很有道理，没有人提出反对意见。这时，大楼的一部分在火墙后面倒塌了，一团新的

"萤火虫"旋转着朝他们飞来。

他们来不及思考，只知道要发现火花，跑过去，扑灭它。试图在空中扑打是没有意义的，你只会把它赶到别的地方去。你要等它们落地后再用铁锹全力击打，让它们与氧气隔绝。

火花让艾登想到了他看过的一部战争电影。电影里面，进攻军队的伞兵从飞机上跳下来，他们从天而降，占据防守军队的领地。防守军队的士兵们不得不在敌人得逞之前，将他们全部击退。

现在也是如此。火花就像是进攻军队对防守军队领土的空袭，绝不能让它们占领此处。

场地管理员们也加入了孩子们的战斗。还有一些人在继续加宽防火隔离带，让火花只能落在裸露在外的泥土上。

真是很不错的团队合作。艾登一边这么想，一边继续和余烬对抗，将它们在变成火之前扑灭。每个人都用尽了全力。大人们力气更大，手臂更长，他们更适合挖隔离带。他、爱玛、顺蕊和李强，个头小、轻巧，行动更为敏捷……

呼啦！

一股热气从完全相反的方向袭来，艾登踉跄着后退了几步，他难以置信地盯着自己和 B 座之间的花坛。花坛中的一棵干灌木已经开始燃烧，干木头在火中爆裂，发出噼里啪啦的声音。

"有一个火花穿越了我们的防守！"李强沮丧地喊道。

几秒钟内，整个花坛都烧着了。大火越过了防火隔离带，朝几米远外的 B 座进攻。

第二十三章

水桶灭火线

爱玛下意识地朝火燃起的地方跑去，她高举铁锹，做好了灭火的准备。

火焰的热气把她推了回来。哪怕隔着几米远，她也能感觉到自己的皮肤被炙烤。就在她意识到这一点时，主管也拉住了她。

"这行不通。"他摇着头说。

"不能让它就这么燃烧！"爱玛表示抗议。灌木噼啪作响，新燃起的火焰已经有两三米高了，火中的余烬在空中飞舞。

"我们不会放任不管的。"主管提高了音量，
"大家排成一条线！"

爱玛他们几个和大人们在池塘与火之间排成一
队。场地管理员们之前用的空水桶还堆在一边，有
人拿起水桶，跑到离池塘最近的队伍的尽头。他装
了一桶水，递给队伍里的下一个人。下一个人再往
下传，同时，第一个人再用另一个水桶装水。就这
样，水桶一个接一个地传递下去。

爱玛是孩子们里第一个接桶的。之前挖了那么
久的泥土，手臂已经很累了。她用一只手去接水
桶，差点就掉了，好像桶是用铅做的。她都不记得
装满水的水桶原来这么重了。

她迅速用另一只手也抓住提手，跑了几步把水
桶传给顺蕊，顺蕊再传给李强。爱玛转身去接下一
个水桶，脊椎下方的疼痛让她忍不住叫出了声。

顺蕊同情地朝她笑笑。

"试着保持平衡，"她说，"不要把所有的重

量都压在身体的一边。你应该学学我，每天打打
太极。"

"以后再说吧。"爱玛咕哝着。

最后，水桶到达了队伍末端的主管那里。他顶
着热气尽可能地向前，用尽全力把水泼向灌木的
根部。

爱玛专注于传递水桶，同时按照顺蕊的建议保
持平衡，并未注意水倒出去以后发生了什么。她觉
得应该是听到了微弱的嗞嗞声，水落在火上，马上
就蒸发了。或许火小了一点，或许没有。火似乎并
没有受到什么干扰。好吧，这也合理。桶那么小，
火那么大。

爱玛的手指发麻，肩膀发烫。但她还是咬紧牙
关，双手提桶，递给顺蕊。

第 二 十 四 章

二氧化碳

　　然后第一个桶又传回来了，这时已经是空桶
了。至少这一个很轻，爱玛只用一只手就能递给后
面的人。接着她又接到了装满水的桶，她双手提
桶，跑回到顺蕊那儿。

　　来来回回，来来回回……不仅挖防火隔离带造
成的疼痛全都回来了，还有更多新的地方也在疼。
她现在要用不同的身体部位发力，提起重重的水
桶，从右到左或从左到右摇晃身体，把桶递过去，
或是接回来。脚底下配合着一会儿停下，一会儿朝

前、一会儿朝后跑几步。这些动作让更多的肌肉和关节疼痛难忍，每时每刻都随着火焰的摇曳而阵阵作痛。

计算自己到底递了多少水桶，或者干了多久已经没有意义，在爱玛看来，他们要一直传下去，直到累晕为止。他们要拯救 B 座，还有 C 座。他们不能袖手旁观，不能又让一百二十个家庭无家可归。如果 B 座保不住，那就是二百四十个家庭没有家了。如果三栋楼全被烧毁，那就是三百六十个家庭。

尽管已经累得筋疲力尽，但她隐隐感觉到他们所做的努力并没有产生太大的效果。灌木丛里的火还在蔓延，虽然还没有靠近 B 座，但那只是时间问题。她意识到，他们迟早要用完池塘里的水，在那之后又要怎么办呢？

主管似乎也有相同的想法。他突然停住了，然后拍了一下脑袋。

"我真傻！"他生气地喊道。他又向排在后面的两名管理员大声下达了命令。爱玛听不清他说了什么，但这一男一女朝 B 座的入口大厅跑去。他们的离开让其他人都得间隔得再远一些，来填补多出来的空隙。这也意味着，每个人传桶的时候都要跑得更远一点。

离开的两个人终于回来了，他们手里还拿着什么东西。爱玛被汗水模糊了双眼，她花了点时间才看清楚。那个男人和女人的两只手里各拿了两个灭火器，一共八个 B 座的灭火器。另外两名管理员急忙上前，每人接过一个灭火器。

四个大人排成一排，然后主管下达了指令。一团团白色的泡沫一起喷出。是二氧化碳，爱玛心想。她看见灭火器边上印着的字了。火在二氧化碳中无法燃烧。

火焰似乎后退了一点，爱玛的心怦怦直跳。主管回头喊道："大家去把灭火器都拿来，越多越好！我们能把火扑灭！"

第 二 十 五 章

不要磨蹭

爱玛他们几个和两名场地管理员一起跑向 B
座。他们也是一男一女，是之前没去拿灭火器的那
两个。在他们身后，可以听到二氧化碳喷出的声
音，那是一种干燥的呼呼声。就在他们跑远的时
候，爱玛听见那声音在减弱。她回头看去，灭火器
已经用完了。一个灭火器只能持续使用三十秒左
右，它们不是为长期使用而设计的，只能快速扑灭
小火。主管和他的同事已经扔掉了空的灭火器，又
拿起了新的。

"快！"男人催促着，"不要磨蹭！"

大家已经来到了大厅。"一楼所有的灭火器已经拿走了，"女人说着，带领大家往楼梯间走，"我们去二楼，孩子们，你们去三楼。"

爱玛忍住了抱怨。在已经干了这么久的活之后，她实在没有力气跑上楼梯了，而且还要拖着重重的灭火器。但她知道她必须这么做。

艾登边喘着气往二楼爬，边说："好吧，每层楼有八个灭火器，一栋楼有六层，就是……"

"四十八个灭火器。"李强说。

"但每个只能用三十秒。"爱玛说。

"半分钟。"顺蕊说，"所以这栋楼里所有的灭火器加起来可以用四十八分钟的一半，也就是二十四分钟。"

"这足够扑灭灌木丛里的火吗？"艾登问。

爱玛耸耸肩。

"希望如此吧！而且 C 座还有一堆灭火器……"

他们双腿打战地爬了两层楼，由于比大人个子小，他们每人只能拿一个灭火器。他们拖着灭火器回到楼下时，大人们已经拿着八个灭火器回到外面了。

灌木丛里的火看上去比之前更大了。

爱玛马上意识到问题所在。如果他们能一次拿到所有的灭火器，泡沫才可以持续喷二十四分钟。

但是不可能不间断地喷二十四分钟。他们去拿灭火器的往返路程需要时间，中间耽误的时间肯定不止三十秒。与此同时，A座还在燃烧着，更多的火花散落下来。大火利用这个间隔时间，又夺回了失去的领地。

但爱玛知道，他们必须继续，一直坚持到最后一刻。

他们再次往大楼那边跑，但速度不比之前了。

"孩子们，等一等。"主管叫住了他们。他们停了下来，回头看见他正招呼他们过去。他们走近了，从主管的脸上可以看出，他已经筋疲力尽了。

"回家吧。"他疲惫地说，孩子们不敢相信地看着他。

"你是说真的吗？"李强问。

"真的。你们四个做得够多了，很多很多了。请回家找你们的家人吧，你们应该为自己今天在这里所做的一切感到骄傲。"

他们看着在大火之中的 A 座，还有仍在燃烧的灌木丛。

"但大楼还是会被烧毁，是吗？"顺蕊问。

主管耸了耸肩，说："如果要失败，就让失败落在我们身上吧。我们不应该把你们牵扯进来。"他转过身去，留下他们四人不知所措地看着对方。然后他又回过头来，说："但你们想要坚持到最后的话，我也理解。如果你们愿意，就继续吧。我不会阻止你们。"

爱玛想到了什么。有办法了！只要他们能

够……然后……

"我们能把火扑灭。"她大声说。她差点就没有开口，生怕把点子吓跑了。但是她更自信、声音更大地说道："叔叔，我有一个主意！可以帮助我们！"

主管满眼疲惫地回头望着她，然后耸了耸肩。

"只要没有危险，你想做什么都可以。"他喃喃道。

朋友们聚集到爱玛身边，期待地看着她。

"是什么办法？"艾登问姐姐，"有什么计划？"

她带着歉意地笑了笑。

"我会告诉你们的，但是……我们先得再爬更多楼梯！"

第 二 十 六 章

水箱

　　他们要以最快的速度爬上六层楼，已经顾不上说话了。每层楼有两节楼梯，总共有十二节。每节之间还得来来回回地转弯，爱玛必须铆足劲才能爬到顶层。

　　他们终于爬到了 B 座的顶层，只剩下通往天台的台阶了。爱玛喘着粗气靠在墙上，她注意到艾登也是如此，但是顺蕊和李强看起来却跟没事人一样。我也一定要跟顺蕊一起打太极，爱玛心里想，不过，这个之后再说吧。

爱玛把目光转向男孩们，然后对他们说："你们地震中被困在学校的时候，把消防水带从墙上拧下来了，是吗？"

男孩们互相看了看。

"呃，是的。"艾登说。

"太好了。你们把这层的水带弄出来，然后带到天台去。顺蕊，我们走。"

男孩和女孩分头行动，爱玛和顺蕊冲上最后两节楼梯，来到天台。这里跟 A 座的天台一模一样。真神奇，爱玛心想。虽然才过了几个小时，但她感觉她们逃到 A 座的天台已经是好久以前的事情了。她们和艾登、李强已经经历了太多。

她们跑上 B 座的天台时，顺蕊说："我还是不知道我们要干什么。"

爱玛笑了起来，她已经看到了她们的目标。她记得没错，这几栋楼在各个方面都是一模一样的。

"这就是我们要找的东西！"爱玛指着前面说。

跟 A 座一样，B 座也有一个连接洒水器的水箱。水箱被放在煤渣空心砖上，大小和摆放位置与 A 座完全一样。

"洒水器？"顺蕊问，"它们在 A 座毫无用处，在这里能做什么呢？"

"但我们可以用水箱里的水啊。"爱玛说，"来，帮我把这个搬下来。"

在 A 座的天台上，她就注意到水箱的盖子是被很多锁扣扣住的，解开锁扣就可以把盖子掀开了。女孩们把锁扣一个一个地解开，然后爬到煤渣空心砖上，一起推开了盖子。爱玛几乎没注意到盖子掉到地上的声音。

她探着身子，用腰抵在水箱的边缘保持平衡，朝里面看去。水箱不是满的，但她猜测里面大概有一米深的干净的水。

"够了。"爱玛说。

"然后呢……"顺蕊的话还没说完，男孩们就

来了。艾登和李强一起拿着卷好的消防水带，摇摇
晃晃地从门外进来。

"拿到了！"艾登叫道。

爱玛迅速思考起来。

"上面有阀门吗？就是能防止水喷出来的东西。"

艾登看了看。

"嗯，有的。"

"太好了。确保阀门是开着的，然后把另一端
给我。"

爱玛双手撑起身子，一只脚踩在水箱边上。艾
登和李强把水带的一端给爱玛，也就是固定在墙上
的那一端。爱玛接过水带，又朝水箱里看看，没别
的办法了。

"来吧。"说着，她跳进了水箱里。

第 二 十 七 章

哗啦

水很清凉，一下浸湿了爱玛的牛仔裤和鞋子，腰部以下的皮肤都感到冰冰凉凉的。

她把水带的一端放到水中，水泡咕噜咕噜地冒上来。其余的水带蜿蜒向上，越过水箱的边缘，就看不到了。

"好了。"她叫道。水箱的边缘很高，爱玛看不见朋友们，只能听见彼此的声音。"一点一点地放其余的水带。"

"我觉得我知道她在干什么了！"爱玛听见艾登说。

越过水箱边缘，大家开始给爱玛放水带。一开始很快，然后在爱玛的要求下，又放慢了速度。隔着水箱，爱玛听见艾登在向另外两个人解释他们的行动，她继续专注地将水带放入水中。

她必须保证水带里装满水，没有一点空气。当水带沉入水底时，水就会流进去，带子里的空气会被排出去。这就是为什么她要确保阀门是打开的。如果阀门关上，水带里的空气就排不出去。

"水带放完了！"艾登在外面叫道。随后，水带连着阀门和喷嘴的那一端被扔了下来。爱玛把水带压在水底，直到所有水泡都出来，然后拧紧了阀门。现在水被牢牢锁在水带里了，唯一的出路只有水带的另一端。但水不会从那一端流出，因为水箱里的水表面的气压会把水压住。这也是虹吸现象，就像家里厨房沥水架上的管子一样，只是消防水带要大得多。

爱玛举起有金属喷嘴的那一端，水带立马从她的手中滑了出去，哗啦一声掉进水里。

她啧了一声，有点不耐烦，但又试了一次。

哗啦。

她呻吟着，已经到这一步了！

"太重了，举不起来！"她无奈地叫道。

"当然很重，里面全是水。"顺蕊说，"等一下，我来了。"

片刻之间，顺蕊扑通跳下水，来到爱玛身边。艾登和李强站在外面的煤渣空心砖上，随时准备抓住喷嘴往外拉。

"好吧，"顺蕊说，"我有一个办法，抓好了。"

女孩们一起用双手抓住喷嘴。

"吸气。"顺蕊说，"保持冷静。什么也别想，除了举起水带这件事。举！"

爱玛惊讶地发现，在两人的合力下，带有喷嘴的那一端很顺利地就被推出了水面。李强和艾登伸手抓住喷嘴，然后从煤渣空心砖上回到地面，用身体的力量拉动水带。

"现在让我们去灭火吧！"艾登扯着嗓子叫道。

第 二 十 八 章

制服巨蟒

艾登觉得他们就像是在和一条巨蟒搏斗，一条又湿又滑的巨蟒。水带哪儿也不想去。

之前他和李强搬水带去天台的时候，水带是软塌塌的、可以折起来的。现在装满了水，水带绷得紧紧的，变成了圆柱形。而且就算它能稍微移动一下，它也只愿意直着走。

但经过一番努力，艾登和李强还是把水带抬到了 B 座天台的边缘。艾登往下看去，马上被熏了一脸的烟。他侧过头眨眨眼，这次更小心了。

　　下面就像是一个战场。没有火的地方是被烧焦的黑色。熊熊烈火燃烧着 A 座和它旁边的灌木丛，B 座防火隔离带这边的灌木丛也有一半起火了。场地管理员们仍在用铁锹和灭火器战斗，但他们能做的也只有这么多了。就在艾登看着他们的时候，又有一块新的草地烧着了。这一切发生得太快，管理员们根本来不及去扑救，他们要处理的事情太多了。

　　"好的，"艾登咬紧牙说，"开始吧。"

　　他们把喷嘴对着下面，然后艾登打开了阀门。水带猛地一动，清澈的水喷涌而出，像雨点一样洒在下面的人身上。艾登听见下面惊讶的叫声，他们都没想到水会从天而降。在其他任何时候，这都可能会很有趣。

　　但现在艾登要专注于喷射的目标。水洒得太远了，偏离了离 B 座最近的火。那里才是应该优先要扑灭的。

　　"往下一点，"他说，"靠近大楼。"

他们俩用尽力气，才把喷嘴往下挪动了一些。水带一点也不听使唤，还是像条巨蟒，艾登心想。

水喷射的位置朝下了一些，淋在灌木丛、管理员们和防火隔离带上。防火隔离带这边的火一下子就被扑灭了。

"情况怎么样？"爱玛从水箱里喊道。

"非常好！"艾登高兴地大声回答道，"确保另一端在水里就行。"

如果水带的另一端露出水面，空气就会进去，破坏虹吸现象。

"我们现在应该抬高一点。"李强说，"然后左右移动，以覆盖更多的面积。这样我们就可以把火势推后一点。"

艾登点点头，调整了一下自己握住喷嘴的手。

掌握水带的方向是需要技巧的，男孩们控制水带前前后后地喷水，让火朝 A 座的方向不断后退。但 A 座的火势他们依然无能为力。

水带里喷出的水量突然减少了。

第 二 十 九 章

水箱见底了

"确保水带在水里！"艾登叫道。

"没办法了！"爱玛回答，"水太浅了！"

"不！"艾登把水带抓得更紧了，好像靠手的力气和意念能挤出更多水一样。但没有用。水柱变成细流，然后变成水滴，最后什么也没有了。水箱里的水太浅了，女孩们无法让水带的进水口沉在水底，空气进来了，破坏了虹吸现象。

艾登无助地朝地面望去。好吧，他们暂时抑制住了火势。但是 A 座还是一片火海，迟早还要烧到 B 座，但他们已经用光了"武器"。

"好吧，"他垂头丧气地说，"我们得回到地面，重新与火搏斗。我们不能放弃……"

"不用了！"李强指着下面兴奋地叫了起来，"看啊！"

下面有比刚才更多的人在跑来跑去。他们穿着深色的宽大工作服，带着亮黄色的头盔。艾登能听到他们还在互相传达指令。

"消防员！"艾登高兴地喊道，"他们来了！"

消防员带来了装备。艾登看不清楚，但看着像是某种带有轮子的推车，它被漆成了消防车那样的红色。推车的一端拖着长长的水带，一直绕到 B 座的一角。四名消防员正在从另一端展开第二条水带，然后对准大火。

一名消防员在操作机器侧面的仪表盘。男孩子们听见机器启动的轰隆声，然后是柴油发动机的振动声。

水从水带里喷出来。水！很多很多的水！稳定的高压水流，比男孩们用虹吸现象喷出的水要强好多倍。

瞬间，燃烧的草木就变成了湿漉漉的灰烬。确定花坛里的火完全熄灭后，他们开始朝 A 座喷水。

这时艾登意识到两件事：一，他和李强在欢呼雀跃；二，爱玛和顺蕊在使劲拍打着空水箱。

"发生什么事了？我们出不去了！"

李强和艾登相视而笑。

"我想我们应该帮帮她们！"李强说。

第 三 十 章

吸入毒气

精疲力竭、满身污垢，两个女孩还浑身湿透了，四个好朋友就这样走出了 B 座大楼。

外面很忙碌，主要是消防员在活动。他们推来了第二辆手推消防车，里面的柴油发动机轰隆隆响着，朝 A 座喷水。这一辆也接有一根水带，从车的一端延伸到大楼的转角处。艾登猜两个移动水泵一定是从河里抽的水。

场地管理员们在旁边坐成一排，身上裹着闪亮的紧急救生毯，喝着医护人员提供的茶。

四个好朋友还看到有一群人聚集在远处，这是他们之前没注意到的。道路被封住了，还有一排警察，他们没法过去。

"艾登！爱玛！"

艾登听见远处有人在叫他的名字。他抬起头，看到人群里站在前排的两个人正朝他挥手。

"爸爸妈妈！"他高兴地说。

大家都跟着他的目光往那边看去。

"还有我的爸妈！"顺蕊大声叫道，"还有姑姑！"

"还有我爸。"李强说，"快走，去找他们。"

这时消防员注意到了他们。

"你们在这里做什么？小朋友不应该在这里！"

"我们这就走了，叔叔。"李强礼貌地说，"我们的家人在那边……"

消防员马上找到了场地管理部门的主管。

"你知道这些小朋友在这儿吗？怎么没让他们离开？"

主管笑了。

"你面前的这些孩子一直在奋力灭火，直到你们来。我还不知道他们是从哪里弄到的水呢。"

"从天台连着洒水器的水箱里。"顺蕊解释说。

"是的，"爱玛补充道，"我们在 A 座天台的时候看到有一个，所以……"

"你们在 A 座的天台做什么？"消防员疑惑地问。

"呃……逃离火灾现场？大楼着火的时候我们刚好在四楼……"

"我们那时候在一楼，"李强打岔说，"所以只需要跳出窗户，但她们俩……"

消防员示意他们先停一停。

"等等。你们之前在着火的大楼里？你们四个？"

他们面面相觑，他们有麻烦了吗？

"呃，是的。"艾登说，"但是……"

"那需要让医生给你们检查一下。"消防员指了指医护人员所在的位置。

"我们很好!"李强抗议说,"只是有点累……"

"别说了。"消防员指引他们到医护人员那里,他们只好跟着过去,"哪怕只是吸进去很少的烟雾,里面都可能含有有害的化学物质。你现在可能觉得没事,但或许血液里已经有毒素了。还有,你们上次喝水是什么时候?你们可能已经在脱水的边缘了。你们现在还在消耗最后的能量,当身体感到虚脱的时候,或许你们就要昏倒了。你们需要接受医生的检查,现在就去。"

他们知道自己别无选择。而且没人想让自己脱水,或是被某种自己都不知道在身体里的毒素侵害。

"好吧,让医生检查一下吧……"李强说。

第 三 十 一 章

水力发电

托马斯一家的餐桌上放着一个模型，模型里有一座被切开的山，山里有两个塑料盒子，一个位置高，一个位置低。山没被切开的那侧画着岩石、泥土和树木。从山的剖面可以看到有一根塑料管连接着两个盒子。位置低的盒子里全是电线和电子器件，从这个盒子里伸出另一根管子，连接着餐桌上的一个空盒子。

山脚下有一个房子的模型。

一家人围坐在桌旁。蒂姆·托马斯递给爱玛一壶水。

"你现在很擅长将水从一个地方转移到另一个地方了吧。"他笑着说。

爱玛和艾登都笑了。

"这次比上次容易多了。"爱玛说,"不过,如果你之前没有把管子放在沥水架上,我就不会知道虹吸现象了。"

说完爱玛慢慢把那壶水倒在位置高的盒子里。

艾登仔细看着模型上被切开的那一面。水从塑料盒里流出,经过塑料管,流入有电子器件的盒子。这个盒子里有一个轮子,看着像风力发电机的螺旋桨,但是这里的叶片是平直的。水的流入让轮子开始旋转。

一盏在房子模型底部的灯亮了。

"就是这样了!"蒂姆宣布,"水力发电的基本原理。"

"所以水让轮子转动,"艾登尝试着解释,"就像风让叶片转动一样?"

"没错，转动是最重要的一步。轮子转动带动磁铁内的电线，然后电流就会在电线中流动。电站就是这样工作的，唯一的区别是带动旋转的东西。在现实生活中，位置高的盒子会是一个水库，水会流入巨大的水泥管道。但这只是原理。"

突然，艾登和爱玛有些不开心了。他们看着对方，但都不想把心中的想法说出来。

苏了解自己的孩子，她看看艾登又看看爱玛，问道："怎么了？"

艾登叹了口气。

"爸爸刚才说装水的盒子将会是一个水库。"

"所以呢？"

"那就意味着有人要去建水库。"爱玛说，"是你们俩吗？"

"这个嘛……"苏和蒂姆交换了一下眼神，"我们会参与。中国人负责建造。"

"我们又要搬家了。"艾登淡淡地说。

"哎呀。"苏轻轻捏捏儿子的手，"你早就知道的，我们只在这里待到风力发电站建好。"

"是的，但是……"他无奈地摇摇手，"好吧。"

两姐弟一想到搬家的事，就伤心起来，他们都不想离开。他们又要离开这里的朋友，去一个新的城市。他们可以通过社交媒体跟李强和顺蕊联系，但是那不一样。

不过他们会交到新朋友的，他们也知道父母的工作很重要。爸爸妈妈正在让世界变得更加干净。

"我们又不是现在就搬家！"蒂姆说，"还有很长时间呢。过几天我要跟当地的自来水厂沟通建水电站的事情。你们俩要来看看吗？"

"爱玛过几天要去徒步旅行呢。"苏说，"时间冲突吗？"

"我们错开时间就可以了。怎么样，孩子们？"

"好啊！"艾登和爱玛齐声说。离别总是伤感的，但他们还有朋友，也有彼此。既然在这座小城所剩的时间不多了，那就更要充分利用在这里的每一天了。